A ÁRVORE QUE APRENDEU A SER FELIZ

UMA SEMENTINHA, carregada pelo vento, caiu no chão de uma floresta.
A terra ali era bem fofinha.
Alguns raios de sol iluminavam e aqueciam aquele lugar.

TUDO ISSO FEZ COM QUE a sementinha germinasse, surgindo, assim, uma plantinha.

A PLANTINHA COMEÇOU A CRESCER bem depressa. Tão depressa, que logo ficou mais alta que as árvores que já estavam ali.
Por isso, ela começou a se achar muito importante e vivia dizendo:
– Vejam como sou alta e forte! Vejo o Sol todos os dias, primeiro que vocês!

– **CUIDADO** – dizia uma das árvores. – Se vier uma tempestade, a primeira a ser atingida por um raio será você...
– Imagine só, alta e forte como sou, nada me atingirá! – ela retrucava. Outra árvore, que já havia vivido muitos anos, também dizia: – Não se orgulhe tanto! Se o homem aparecer por aqui com o seu machado, é a você que ele verá primeiro!

ACREDITANDO que nada lhe aconteceria, ela pensava: "Ora, elas estão é com inveja da minha beleza!".

ELA NÃO DEIXAVA que os pássaros nela pousassem ou fizessem seus ninhos. Espantava também as borboletas e as abelhas:
– Xô! Xô! – dizia, sacudindo-se. – Saiam! Vocês vão quebrar e sujar os meus galhos!

AS ÁRVORES MAIS VELHAS continuavam aconselhando:
– Você precisa ser útil! Os pássaros precisam de seus galhos para fazer seus ninhos e as abelhas, do néctar de suas flores...
Mas ela fingia que não ouvia.

A ÁRVORE PARECIA FELIZ. Mas, secretamente, sofria, porque as flores que enfeitavam seus galhos na primavera caíam murchas, sem se transformarem em frutos.
Ela não sabia que, para dar frutos, precisava de auxílio dos insetos, que levam o pólen de uma flor para outra.

CERTO DIA, durante uma tempestade, ela, que era a mais alta, foi atingida por um raio.

POBRE ÁRVORE! Quase não restou nada dela!
Parecendo estar morta, sofria por ter perdido sua beleza. Com o passar do tempo, começou a se lembrar dos conselhos dados pelas árvores mais velhas e percebeu que nada fizera de bom em sua vida.

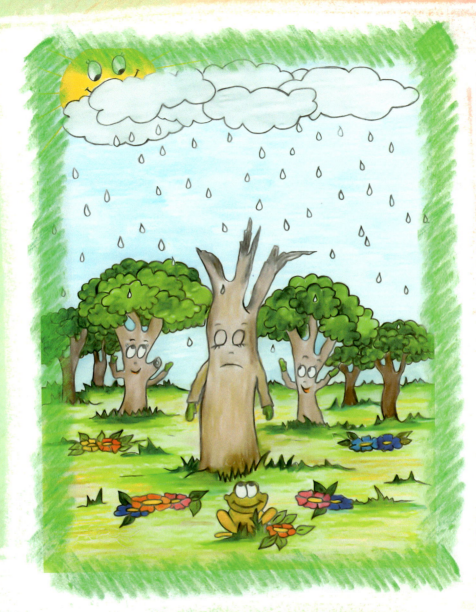

ARREPENDIDA, passou a pedir a Deus uma nova oportunidade.

CHEGOU NOVAMENTE A ÉPOCA DAS CHUVAS, dando nova vida à floresta. A árvore, mesmo queimada, sentiu que alguma coisa estava acontecendo com ela.

ALGUNS BROTINHOS começaram a surgir.
Os brotinhos se desenvolveram, formando lindos galhos.
Feliz, ela agora desejava que os pássaros se aproximassem, e dizia:
– Venham! Venham fazer os seus ninhos!

QUANDO CHEGOU A PRIMAVERA, seus galhos cobriram-se de flores perfumadas, atraindo borboletas, abelhas e beija-flores.
A árvore sentiu-se feliz com a chegada deles.

AS FLORES DERAM DELICIOSAS FRUTINHAS vermelhas que alimentavam muitos pássaros da floresta, e eles cantavam, felizes, em agradecimento. Há, agora, muita alegria naquele lugar.

A ÁRVORE, MODIFICADA, não se cansa de agradecer a Deus porque, sendo útil, encontrou a felicidade.